KB142994

라이터 불에 서로의 영혼을 그을리며

원보람

시인의 말

스물한 살의 내가 불타고 있다.

그 빛에 기대어

긴 터널을 헤쳐나와

지금 여기에 있다.

2022년 11월

원보람

라이터 불에 서로의 영혼을 그을리며

차례

1부 울 때 소리 내지 말자

사주 11
타협 12
진심 게임 13
1인 가구 16
지하 다이빙 18
진학 상담 20
옥탑의 비밀 22
질문극 24
서로를 깨우지 않았다 26
착한 척하는 사람들 27
유리의 트라우마 28
인간 우화 30

2부 모래가 눈 안에 가득해서

펜듈럼 35
청춘 콜라주 38
관계의 여독 40
꿈의 기록 42
죽을까 하다가 다시 태어나기로 했다 45
숭어와 붕어 48
악어 떼 50
직관 52
오랜 연애의 끝 54
꿈같은 현실의 기록 56
구름과 밀실 58
불온한 세계의 건축 도면 60
낚시의 기술 62

3부 사랑은 언제나 개미지옥

이별의 해부학 67
스물아홉 70
자기계발 72
적응하는 인간 74
지역 사회 76
서울 78
적당히 모르는 숲 80
한낮의 열기가 식어 가는 해변에서 82
12월 16일 84
대답의 종류 85
스노볼 86
우산을 함께 쓰지 않는 연인 88

4부 실수들로 이루어진 세계

흡혈 93
나쁜 기억의 힘 94
전언 96
그때 왜 그랬어 98
전생 체험 100
동파 102
감정 소모 금지 104
사실이 아닌 것을 고르시오 106
실수들로 이루어진 세계 108
우리가 모여서 우리들 110
불면과 분명 112
이제 내가 이곳을 떠난다 115

해설

슬픈 사랑의 우화 118
—조대한(문학평론가)

1부
울 때 소리 내지 말자

사주

저녁에는 집을 비운다
식탁 위에 밥을 차려 두었으니
먹히지 말아라

타협

날짜를 세는 일은 나의 새로운 습관이에요 카운트다운은 세탁기를 돌릴 때나 하는 줄 알았어요 우리가 깨끗해지려면 얼마의 시간이 필요할까요 세제가 눈처럼 휘날리면 악몽에도 달콤한 향기가 필요해요 어젯밤 꿈에서 내가 싫어하는 사람과 함께 세탁기에 갇혔어요 눈을 떴을 때 나는 증오하는 사람과 한 몸이 되었지요 누군가 장래희망을 묻는다면 엄지손가락으로 개미를 눌러 죽일지도 몰라요 장래에 때밀이는 되고 싶지 않습니다 그러나 식물을 구석구석 닦는 것은 멋진 일입니다 나는 때밀이가 되지 못해 계약직이 되었어요 쿨하게 이별할 수 있습니다 적당한 온도를 유지하고 약속한 횟수만큼 돌아 버립니다 날짜를 빠르게 세기 시작해요 만족합니까? 기대에 부응합니까? 날짜를 세다가 손가락을 부러뜨리고 말았습니다 도무지 일상이 아름답지 않습니다 그날이 오면 정말 이별입니까 잘 먹고 잘 살고 안녕히 모두 안녕히 하나의 이벤트가 끝납니다 나는 여전히 빈손입니다

진심 게임

이미 잃어버린 것을 설명하려고
광화문에 비가 쏟아졌다
우산 아래 숨어 있는 동안에는
거짓과 진실의 차이를 알 것 같았고
바짓단이 젖어드는 속도로
괜찮아질 거라는 희망도 있었지만

갑작스러운 날씨에는 지금 여기와
아주 먼 곳을 떠올리는 것이 안전하지
망망대해에 비가 내리는 광경은
진심과 가장 닮았으니까

우리가 접점이 없다는 것을 알면서도
손을 뻗어 보고 있는 중이라면
울창한 숲속에서 조용히 자라는
버섯 같은 것은 잠시 잊는 편이 좋겠다
그것은 아무 도움도 되지 않는 감정

완전히 패배해 버리고 싶어
이제 그만 이 게임에서 나가고 싶어
내가 애원하며 주먹을 냈을 때
당신은 손가락 하나를 펴서
천천히 나를 가리켰지

언젠가 우리가 이것을 하나라고
부를 수 있을 거라고 중얼거리면서
그러나 내가 다시 가위를 내면
당신은 손가락을 모두 펼쳐 보였고
그곳에는 아무것도 남아 있지 않았다

이제부터 우리는
새로운 게임을 하게 될 거야
매번 다른 면이 나오는 주사위를 던져서
엉망으로 훼손된 진심을
한 칸씩 옮기는 방식으로

수천 개의 주사위가 굴러가기 시작한다

테이블 경계 너머로 사라진다

1인 가구

혼자 식사를 하는데
누가 반찬을 올려 준다
천천히 먹으라는 말도 잊지 않는다

1인분의 대화 속에는
자책과 위로가 절반씩 섞여 있다

향초에 유령이 살을 녹이는 동안
장식용 기린이 몸에 여러 개의 섬을 새긴다

섬, 하고 발음하면 미래가 잠깐 고립되고
나는 오늘 처음으로 내 목소리를 듣는다

찬물에 두 손을 넣어 아침을 건져내고
허공에 홀로 잠수하는 사람들

비가 내리면 하나의 주파수로 연결된다
모두 낯을 가려서 쏟아지는 빗소리만 듣는다

항균 노트에 기록한 꿈들은 지루해서 좋았다
벽지에 만개한 꽃들이 아름답다고 적었다

꿈에서 기르던 새가 원룸 안으로 날아와
내 이마 위에 앉아 체온을 나눠 줄 때

한 방향으로 회오리치면서
깊숙이 박히는
하루

겨울밤을 고정시킨다

지하 다이빙

백 일이 지나도 지상으로 나가지 않았다 아버지는 식물의 뿌리를 숭배했다 연한 손가락으로 흙을 붙들고 몸을 세우는 기적 앞에서 나는, 아버지가 손에 쥐면 모래가 되어 빠져나가고 놓아 버리면 새가 되어 날아오를 준비만 했다 하늘에 눈먼 독수리가 가득해요 아버지 오해하지 마라 공포는 네가 직접 보지 못해서 상상해낸 너의 모습이란다 하마들이 두 마리씩 새끼를 낳았고 어머니는 양파를 썰 때마다 숲이 열리는 소리가 들린다고 했다 우는 것은 금기야 이곳이 축축해지면 나쁜 쪽으로 발이 빠지잖니 여기까지 기어오르느라 빠진 손톱들이 아직 다 자라지도 못했는데

오늘은 무소식이 와서 다행입니다 얘야, 악몽에서 빠져나왔다고 이곳이 악몽이 아니라고 믿어서는 안 된다 심장이 아픈 동생은 안아 줄 때마다 녹아내렸다 이제 우리는 모두 잠들어야 한다 귀신들이 오는 시간이니까 어머니는 아직도 동생을 뭉치고 있어요 정말 미안하구나 손을 잡고 함께 축축해지는 것이 가족이란다 폭우가

쏟아지기 시작하는데 아버지가 오래 길러 온 것들은 아무 쓸모가 없었다 이곳에 가득한 새 모양의 흙덩이들이 모두 떠내려가기 시작했다 그걸 다 건져 보겠다고 지하로 다이빙하는 아버지, 흠뻑 젖은 채 사라지고 있다

진학 상담

성장하는 일이 지루합니다
선택하고 싶지 않은 일만 선택하면서
이해한다는 말로 오해하면서

집에 우환이 있냐고 묻지 마세요
집안 곳곳에 엑스를 표시했으니
불행이 지나간 자리는 밟지 마세요

울 때 소리 내지 말자
이것이 우리 집 가훈입니다
농담처럼 절망하는 것이
집안 내력입니다

발밑이 무너지기 시작하면
하얀 찻잔이 되고 싶습니다
뜨거운 것이 차가워질 때까지
모르는 척하고 싶습니다

우리 삼 남매는 끝말잇기를 자주했어요
병신 신발 발전 전구 구름
다음 단어를 몰라서
영원히 침묵하기로 했습니다

정적을 견디기 위해 서로를 안아 주면
구덩이도 잠시 아늑해집니다
불행을 손가락질하는 이웃들에게
우리는 이렇게 보잘것없는데
자라서 무엇이 될 수 있겠습니까?

책상과 의자의 간격을 짐작하듯이
오늘과 먼 미래를 가늠해 보는 사이
폐가의 무성한 풀처럼
자꾸만 몸이 자라납니다

옥탑의 비밀

오래 길러 온 식물의 푸른 잎맥을 가르고
심장을 꺼냈습니다

풀 내음 진동하는 죽음을 애도합니다

고통으로 진화하는 감정은 밤의 취향
우리는 언제쯤 안전할 수 있을까요

미로 속에서 태어난 비관주의자들이
막다른 길을 요구할 때마다
심장이 없는 식물을 증오합니다

친절을 베푸는 일은 지루해지고
자꾸만 예의가 없어집니다

교회 앞에 버려진 아기와 마른 꽃들이
하나의 식구를 이루는 옥탑에서
나는 가끔 창문을 열고

지상에서 손을 흔드는 이웃들에게
모든 세간을 쏟아 버리고 싶었습니다

부모를 버리고 고아가 되려는 아이들이
서로를 끌어안고 있습니다

아픈 애인은 안아 줄 때마다
투명하게 녹아내립니다

비극으로 진화하는 일상은
누구의 악취미입니까

질문극

무대 위에는 패를 섞는 여러 개의 손이 있다
양이 숨기고 있는 것은 너무나 새하얀, 그런 것들

가면은 양면인데 뒤집을 때마다 새로운 기형이 나타난다
혀를 잘린 얼굴이 어느 쪽입니까?
창백한 표정과 백색증 얼굴을 구별할 수 있습니까?

늑대들이 길게 줄을 서서 차례로 양고기 한 접시를 비울 때
마지막 남은 카드를 뒤집듯이 가면의 방향을 바꾼다

"나는 흡혈주의자예요, 식물의 피를 제일 좋아하지요"

늑대가 양 가면을 쓰고 숲속으로 간다

이제 가면은 아무도 오지 않는 호수인데

서서히 잠기는 절망 속에 피가 돌고 뼈가 자란다
점진적 자세로 부풀어 오르는 감정을
누군가 멀리서 지켜본다

"늑대가 흡혈주의자는 아니지만, 선호하는 피는 있어요. 잠결에 마시는 옆 사람의 피, 벌어진 상처 틈에서 새어 나오는 피, 바늘에 찔려 태어나는 둥근 피!"

길 잃은 양이
제단에 바쳐진 양을 이해할 수 있습니까?

새하얀 것들의 결벽증은 여전히 치유되지 않아서

늑대가 양의 숨통을 물어뜯는다
(피 냄새를 맡는 가면처럼)

양은 서서히
암전

서로를 깨우지 않았다

연탄을 피우고 언니와 함께 누웠다 새우 자세로 잠드는 일은 위험해 언니가 마지막으로 내 이름을 불러 주었다 사방의 벽들이 번지다가 뭉개졌다 의식을 잃고 어디론가 흘러갔다 눈을 뜨자 왕의 침실이었다 왕은 난감한 얼굴로 나를 내려다보았다 내 하반신은 지느러미와 은비늘로 덮여 있었다 왕은 요리사를 불러 꼬리를 잘라내고 비늘을 벗겨 회를 뜨라고 명령했다 요리사의 손에서 칼이 푸르게 빛났다 난 잠들지 않았어요 요리사가 단칼에 내 허리를 잘랐다 그러자 허리에서 가늘고 흰 다리가 새로 뻗어 나왔다 아니야, 이건 언니의 다리야 나는 창문에서 뛰어내려 숲으로 도망쳤다 발걸음마다 은비늘이 떨어졌다 엽총을 둘러멘 사냥꾼들이 쫓아와 나를 유리관에 넣고 수장시켰다 몇 세기가 흘렀다 언니를 만났으나 미안해서 깨우지 않았다 누군가 유리에 얼굴을 비추며 우리의 환영을 훔쳐보았다 나는 언니의 손을 잡고 영원한 꿈의 구역으로 느리게 흘러갔다

착한 척하는 사람들

예쁘게 포장된 선물 상자를 받는다 속이 비었다는 것을 알지만 인사는 한다 뭐, 이런 걸 다 누군가는 말했다 착하고 멍청한 사람보다 나쁘고 똑똑한 사람과 일하고 싶다고 일할 때는 재빠르고 끝나면 안녕히 가시니까 그러면 착한 척하는 사람들은 어디에 속하는 걸까? 대답 대신 상자가 무거워진다 착한 척하는 사람들은 왜 하필 착한 척일까? 그 사람들은 사실 나쁜 걸까? 가끔 착한 척하는 나도 알 수가 없다 귀여운 거랑 귀여운 척은 잘 구분할 수 있는데 이건 너무 헷갈려 선물을 받을 때 기뻐하는 이유는 잠시 동안 무엇이든 기대할 수 있기 때문이다 착한 척하는 사람에게 가끔 진심을 기대하듯이 그러나 상자를 열어 본 후에는 달라진다 내 머리를 쓰다듬어 줄 거라고 생각했던 사람에게 순식간에 머리채를 잡히는 것처럼 그러므로 이안류가 밀려오는 여름 바다에서는

해변에 누워 먼 바다를 보는 것 말고는 할 일이 없다

유리의 트라우마

빌딩에 매달린 사내가 생일날 죽은 애인의 몸을 닦고 있어요 이상하지요, 차갑고 딱딱한 얼굴이라니요 입김을 불자 애인의 이마에 따뜻한 수증기가 맺히고 사내는 검지손가락으로 그려요 반대편으로 날아가는 투명한 새

유리의 몸을 닦을 때는 조심하세요 안과 밖이 뚜렷하지만 안과 밖이 모호하지요 그러나 사라진 새가 다시 날아와 사내의 손가락으로 돌아올지 누가 알겠어요

유리에 비친 얼굴이 선명해지자 사내가 말없이 울어요 단단하게 뭉친 기억들이 강속구로 날아와요 유리가 피를 보고 흥분해요 날카롭게 날을 세우고 힘줄을 끊어 버려요 사내의 얼굴이 거미줄 모양으로 균열해요

자신의 몸을 산산조각 내며 사라지는 유리의 방식으로 거리에 빛나는 무덤을 만들어요 유리 파편이 박힌 태양에서 빛이 새고 있어요 거리는 한없이 눈부시고 사

내의 눈 속에는 일제히 날아오르는 새들의 잔상이 선명
해요

인간 우화

지하철에 실린 닭들이 허공을 쪼고 있다
무리 지어 이동하는 물소들이 거리마다 가득하고
나는 화이트 셔츠를 입은 동물들의 생김새를 구별할 수 있다

뉴스에서는 판자촌 어느 쪽방에서
무리에게 버려진 사자가 발견되었다고 했다
제 손으로 설치한 둥근 올가미에
스스로 목을 걸었다고 했다

대학병원 중환자실 침대 위에는 내 유일의 종種이
멸종의 순간을 맞이하고 있다
나는 축축한 혀를 길게 뻗어
어머니의 마른 얼굴을 끊임없이 핥는다

핏발 선 눈동자를 킁킁거리며 울부짖는 나는
시간이 지날수록 퇴화하는 동물이다
내일을 기약하기 어려운

약한 먹이 사슬에 매여 있다

서식지에 우기가 시작되었다
사방으로 우거진 수풀 속에서 나를 향해
날카로운 이빨을 드러내는 존재가 있다

동물적 감각으로
폭우처럼 쏟아질 고난을 예감하는 밤이다

2부

모래가 눈 안에 가득해서

펜듈럼*

철봉에 매달려 숨을 참는다
오자로 가득한 시를 쓴다
목함 지뢰가 떠다니는 바다에서 수영한다

선명하게 기억나는 순간은
버스 뒷자리에서 손을 잡았던

아름다운 기억은 왜곡된다
계산이 빠르면 숫자에 포박된다
손가락을 아무리 늘려도
늘 모자라는 공식만 배운다

침대 위와 아래는 다른 차원의 공간
함께 두려워하던 고양이와
더 어두운 밤으로 떠났던 그때
사실은 슬펐는데

고개를 올려다보면 균열하는 세계가 보였다

알고 보니 세계는 대리석 무늬의 비닐 장막

아무리 불러도 영원히 대답하지 않으려고
사례를 분석하여 고통의 대안을 찾아내려고
그래서 뭐 어쩌려고

죽은 사람들이 서로를 애도하는 저녁

변이를 시작한 과거 속에서
엉금엉금 기어 나온 유령들에게
맛있는 식사를 차려 주었다

그들이 음식을 씹는 동안 분명해지는 여백
두 발로 벽을 긁는 고양이만 발견한다
나는 아무것도 모르면서 떠들어대는 사람

문을 닫는 순간 인연의 이음새가 뒤틀린다
네 미소는 깨진 거울 조각

이제부터 우리의 시간은 비대칭으로 흐른다

옷장 속으로 들어가 안정을 찾는다
고양이는 나 대신 심장이 뛴다
창밖에서 마른기침 소리가 들리면
나 대신 검은 동공을 확장시킨다
모든 흐름을 한 방향으로 그루밍한다

너의 괴로움에만 집중하는 너는 왜곡되었다
어두운 옷장 안에서는 많은 것을 밝혀낼 수 있다
처음부터 순차적으로 형성된 지층을 발견하고
손으로 만져 볼 수도 있다
연구자의 자세로 과거를 들여다보면
첨예해지는 입장 차이 사이에서

고양이가 앞발로 모래를 판다
자책은 최선이 아니다

* 진자, 추를 실에 매달아 일정한 간격으로 왕복 운동하도록 만든 장치

청춘 콜라주

지독한 안개가 계속되었다 한 치 앞이 보이지 않았다 바다에는 파도가 치지 않았고 사람들은 밤이 오류를 일으켰다고 수군거렸다 모래가 눈 안에 가득해서 나는 애인의 얼굴을 아직도 보지 못했다 조개들이 쌓여서 무덤띠를 이루었고 선을 넘지 말라는 방송이 반복되었다 사람들은 반대편을 증오하기 시작했다 나는 안개 속에서 애인과 손을 잡을 때마다 맨홀 속으로 맨손을 집어넣는 기분이었다 우리는 밤마다 침대 위에 누워 함께 침몰했다 잠결에 손을 놓지 않는 것이 중요했다 따뜻한 밤이 입과 귀로 흘러들었다 모래가 씻긴 애인의 얼굴은 해변으로 떠밀려 온 시신과 닮았다 웃을 때마다 차가워지거나 일그러졌다

안개가 계속 지독해졌다 나는 꼬리를 자르는 도마뱀처럼 그림자를 잘라내며 도망쳤다 건물 옥상으로 올라가 문을 열었더니 깊은 우물 속이었다가 다시 바다였다 불시착한 바람이 파도를 일으키고 있었다 백사장에는 반대를 위해 반대하는 사람들이 일렬로 누워 모래 무덤

을 만들고 있었다 누가 나의 애인인지 알 수 없었다 기
억을 떠올릴 때마다 싸구려 폭죽이 터졌다 잘린 부위에
서 그림자가 다시 자라났다 안개가 내 몸에서 흘러나오
기 시작했다

관계의 여독

착해 보이는 사람이 죽은 날에는
사실 착하지 않은 내가 슬프다
여기를 떠나면 어디론가 가는 걸까?
사실 여기에 있지 않은 내가 궁금하다

한때는 다른 세상과 가느다란 실로 이어져서
저 먼 곳까지 목소리가 전해진다고 믿었다
그러나 그것은 더 이상 아무 말도 듣고 싶지 않아서
이곳을 떠난 그들의 입장은
생각하지 않은 생각이었다

한밤이 찾아온 숲속에서 조용히
크기를 키우는 나무들에게
등이 구부러지는 슬픔은 필요 없겠지

잘해 보려고 했던 수많은 날들이 모여서
내 머리를 쓰다듬을 만큼 크게 자라 있다
아, 무섭기도 하여라

오래전부터 마음에 걸렸던 일들이 피어난다
그러지 말았어야 했던 일들과
어쩔 수 없었다고
울면서 말하고 싶은 일들

혼자서는 아무것도 할 수 없으니까
관계가 남긴 여독이 사라질 때까지
몸이 아프다

마지막으로 손을 뻗어 보기 위해
절벽으로 가는 마음을
이제야 겨우 알 것 같다

꿈의 기록

당신의 여자는 만삭이었다
우리는 횡단보도에서 스쳐 지나갔고
모두가 두터운 외투를 걸친 겨울이었다
꿈을 꾼 날은 한여름이었지만

나는 사랑하였다
당신의 탁자를
갈색 수건 네 장을
화장실 선반 위에 놓여 있던
누군가의 한쪽 귀걸이를
보풀이 일어난 두꺼운 스웨터를

우는 날이 많았다
기억의 파편 위를 맨발로 걸어가다
무심코 당신의 손을 잡았는데
손가락이 남아 있지 않아서
그 순간을 꿈에서
미리 본 적이 있어서

늦지 않아서
다행이라고 생각했으나
늦어지는 것임을 알아서
그것을 당신에게
말할 수 없어서
아무것도
할 수 없어서

무정박 항해를 하고 있는
빈 배 같은
당신의 신발들을 헤치고 떠나온 후
그동안 내게 일어난
불행한 일들을 세어 보았다
내 것이 아닌 손가락이
자꾸 숫자를 더하였다

당신이 피를 흘리며
행복해졌다는

소문이 들렸다

꿈에서 본 일들이
실현되고 있었다

죽을까 하다가 다시 태어나기로 했다

돌풍이 불었다 엄마는 내 탓을 했다 나는
아직 바람이 되지 않았는데 우박이 떨어졌다 5월
한 사람이 많은 사람을 죽인 일이 있었다 직접
보지 못한 일은 믿지 않았다 아직
내 시신을 못 봐서 눈을 뜨면 세상을 떠돌아다녔다
오늘
화장을 했다 눈썹을 그리며 거울을 봤다 누가
나를 정면으로 바라보았다 직접 본 적이 없는 사람
믿을 수가 없어서 인사를 건네지 않았다 매일
마주치면서도 쳐다보기만 했다 시곗바늘이 거꾸로
돌아갔다 엄마가 나를 키웠다 내가 엄마를
키우다가 말라 죽은 식물은 한동안 잊어버리는 일이
푸른 것을 검게 만들 수도 있다고 알려 주었다 내일은
어제가 되어서 과거의 실수를 마주치게 하고 오늘은
내일이 되어서 아무것도 할 수 없게 만들었다 엄마는
다시 태어나고 싶다고 자궁을 빌려 달라고 했다 아이를
키우기 싫다고 했더니 엄마는 빠르게 늙었다 돌풍을
타고

날아온 송홧가루를 고층 아파트에서 닦아내는 5월
많은 사람이 죽었는데도 잘 몰랐던 때가 있었다 나는
화창한 날이면 죽은 사람들을 생각했다 슬픔을
꺼내어 말리다 보면 그 위를 지나간 무수한 발자국이
드러났다 약해졌을 때 마주치면 안 되는 사람들이
나를 지나간 흔적이었다 그러면 나는
엄마 탓을 했다 왜 나를 태어나게 했어? 똑같은 질문
들은
한곳에 모여서 아름다운 풍경이 된다고 했다 언젠가
그곳에 소풍을 가면 낯익은 얼굴들을 볼 수 있을 거
라고
이야기가 다른 이야기를 데려와서 소문이 되거나
예언이 되었다 태어난 것을 인정하지 못한 한 아이가
아름다운 풍경에 불을 지르고 불길 속으로
사라질 거라고 다시 태어나는 일은 이런 식으로
시작된다 두서가 없는 대화 속에서 젓가락으로
진심을 집어내면서 흘러간다 벽과 가구 사이에 빠진
동전처럼 그 누구의 손길이 닿지 않는 거리에서

무력해졌다 오랜 고심 끝에 질문을 바꿨다 왜
나를 두려워하는 거야? 내 탓을 하던 엄마가
다시 태어났다 아무도 축하해 주지 않았다

숭어와 붕어

자음의 차이로 세계가 달라진다 그러니 조심하라 우리는 태어나기로 선택하지 않았지만 선택하며 살아야 한다 선택을 선택하다 보면 선택이 선택이 아니었다는 것을 알게 되지만 그렇다고 그 선택을 선택하지 않을 수 없었다는 것도 알게 된다 선택이란 그런 것이다 선택이란 마치 눈앞에 보이는 두 갈래의 길처럼 보이지만 알고 보면 열 갈래의 길 중에서 자신이 두 갈래만 보고 있던 것이며 그 중에 가야 하는 하나의 길을 선택하느라 궁지에 몰리는 일이다 자음을 선택할 수 있다면 숭어가 될 것인가 붕어가 될 것인가 아니면 붕어가 될 것인가 불어가 될 것인가 최선의 선택을 하고 나면 나는 숭어가 아닌 술어가 되어 있다 물론 죽음이 가까워졌을 때 문득 아 나는 지금까지 숙어로 살았구나 할 수도 있다 선택을 선택하다가 어느 시점에 이르면 세계는 숙명이 된다 그때 보이는 선택들은 선택지 형식을 하고 있는 운명이다 그러니까 선택이 운명이거나 숙명일 수 있고 그저 잘못된 선택일 수도 있다 아무것도 선택하지 않는 사람의 착각은 자신이 아무것도 선택하지 않았다는 것이다 그러나 그 사람을 아는 사람들은 그 사람이 선택하지 않기로 선택했다는 것을 알고 있으며 선택하지 않기로 선택한 사람에 대한 관계를 선택한다 결론적으로 숭어가 될 것인가 붕어가 될 것인가 숭어도 아니고 붕어도 아닌 것이 될 것인가 하나의 자음조차 선택하기 두려운 우리는

악어 떼

서른이 지나기 전에 두 번째 실업급여를 받았다
사람들은 거리로 나와 햇빛 줄기를 나눠 먹었고
발끝마다 매달린 검은 노예들도 입을 벌렸다
요즘은 늘 다니던 길을 잃는 사람들이 많아
표지판은 너무 많은 곳을 가리키고
신호등은 가만히 있으라는 신호만 보내지
도시 곳곳에 설치된 늪지대를 지나다가
영혼을 자주 빠뜨렸다
너무 바쁜 날에는 일부러 나뭇가지에
헌 옷처럼 걸어 두고 가기도 했다
늪지대에 악어 떼가 나온다는 소문이 들렸다
노예들은 밤마다 주인을 뜯어먹었고
사람들은 나이를 먹을수록 무거워지는
노예를 질질 끌다가, 끌려다니다가

악어는 심장부터 먹는 것을 즐긴다고 했다
상자 안에 있는 상자를 열면 나오는 상자 안으로
도시의 아이들이 차례로 들어갔다

사각지대 안에서 조용히 자라는 아이들
뚜껑을 열면 어른이 되어 나왔다
우리는 시급을 받고 늪지대에 숨어
포크를 쥐고 악어 떼를 기다렸다
돈을 모으면 함께 열기구를 타자고 했다
뿌리 얽힌 사람들에게 내리는 비를 지나
위로의 말이 들리지 않는 대기를 지나
구름 사이 피는 버섯처럼
둥근 머리로 허공을 밀어 올리며
계속 가자고 했다
추락하는 일에 익숙했으므로
겨울 내내 올라가는 열기구만 상상했다
악어는 울기 위해 먹이를 씹는다고 했다
우리는 아무것도 필요하지 않았다

직관

예언은 거짓말과 섞여 있다
오늘은 아니지만 내일은 그럴 수도 있는

살아 있는 사람들이 꿈속으로 이사를 갔다
발밑에 낭떠러지가 생기는 법칙을
우연히 발견한 이후였다

뒤엉킨 전선을 움켜쥐는 전신주가 있고
바이오리듬을 조절하는 사회인들이 있고

우리는 빗속으로 가고 있다

방어가 목적이라면 장미꽃과 가시는 왜 어울리는지
운명에 맡긴다면 왜 총알은 하나만 넣는지
성장하면서 죽어 가는 이유는 무엇인지

아름다워지는 서로를 지켜보는 일은 드물고
미워하는 사람의 이름을 피부에 새겨 두었지만

누군가 갑자기 아프면 견딜 수가 없다

멀리서 날아온 조약돌이 경계를 넘어가면
파문은 둥근 모양을 하지 않는다
그건 단지 고요를 전환하는 스위치라서
수면 아래에서 오래된 이름이 떠오른다

미래를 예언하는 건 일종의 자만이다
우리는 아무것도 모를 권리가 있다
그러므로 서로에게 실수를 하더라도

바닥에 던져진 주사위가 선택을 거부한다
공백이 되었다가 아무 숫자나 고른다
거짓말 속에 원하는 예언이 들린다

오랜 연애의 끝

〈보내는 이〉
창밖에 눈보라가 휘몰아친다
나를 옹호하는 날씨다

To. 너에게
손톱보다 작은 문이 방 어딘가에 있다 벽에는 기념할 만한 순간들이 거꾸로 매달려 향기를 잃어 가는 중이고 시계는 방향을 거부한다 시곗바늘이 휘어지며 허공을 가리키자 손자국 가득한 벽지가 흘러내린다 방 가운데에는 둥근 탁자와 의자 하나, 그곳에 태어나기 전부터 앉아 있던 너 오늘은 특별한 날이야 세기말의 아침이지 불행의 경로를 읽어내는 너의 재능을 사랑해 (기억나? 리본 모양으로 묶인 일상들이 우리가 맞춰 입은 스웨터에서 가까스로 균형을 잡고 있었지) 우리는 서로의 기억을 감염시키면서 오랜 시간을 보냈어 희비가 엇갈리는 순간들이 스트라이프 무늬로 탄생하는 모습을 지켜보았지 언제나 정확한 간격을 유지하며 피크닉을 즐겼는데 누군가 리본을 죄다 풀어 버리고 창밖에서 무수한

돌들이 날아오네 벽지가 바닥까지 흘러내리자 유령들이 땅을 짚고 운다 이 방의 모든 것들이 새로운 질서로 수렴한다

〈받는 이〉
받는 이는 받지 않으면서 받으려고만 한다
나를 옹호하는 이별이다

꿈같은 현실의 기록

침대에서 담배를 피우는 동안에는 삶을 망치고 싶어진다 밀려드는 안개꽃을 헤치고 발견한 캘리포니아는 이곳에서 얼마나 멀까

어떤 노래는 간단한 동작을 구분할 수 없게 만든다 우리는 와인에 몸을 담구는 일과 흐르는 피를 와인 잔에 모으는 일을 헷갈려서 같은 곳에 발이 빠졌다

우물 속에서 허우적거리는 동안 해초처럼 흔들리는 유연한 어둠과 닿을 듯 가까운 손길, 찻잔 안에서 찰랑거리는 파도를 몰래 훔쳐보았고

허공으로 떠오르는 감정의 포말들은 형형색색으로 빛났다 물론 사소한 징후도 있었다 우리의 형태를 따라 그려진 흰 선이 멀리 떠내려가고 있었다

단내를 풍기며 녹아내리는 그림자를 향해 새까맣게 몰려드는 개미 떼를 보느라 두 발이 젖는 줄도 몰랐다

거짓말하지 마 너도 불길이 번지는 소리를 들었잖아 다음에는 어떤 재난이 올 거 같니 그러니까 침대에서 담배 피우지 마 이전과 달라지게 될 거야 눈을 감고 나무를 더듬거리고 싶어 나무 안에 손을 넣고 마구 휘저으면서 나이테를 그리고 싶어

노래가 끝나고 정적이 흘렀다 조도가 낮아서 너의 얼굴이 잘 보이지 않았다 안도하는 표정과 겁에 질린 표정을 구분하기 어려웠다

구름과 밀실

거울로 만든 밀실

안에
구름
사이
밀실
안에
구름

허공을 쥐어뜯은 살점의 무게는
총 얼마입니까

무한한 복제를 거듭하는 밀실 안에서
길을 잃지 마시오

비가 뚝뚝 떨어지는 구름은
한밤을 순례하는 검은 돌이거나
서서히 소멸하는 과정입니다

타인 사이 나와 내 안의 타인은
밀실 안에 세워진 풍향계
혹은 폭풍을 추적하는 노인

밀실에 물이 차오르는 동안
나는 절망을 배웁니다
일정한 주기로 계속 실패하는 거울은
얼마나 괴로울까요

순례를 마친 구름이
밤을 버틴 창가에 도착합니다

유리에서 태어난 투명한 밀실이
아침의 빛으로
가득합니다

불온한 세계의 건축 도면

나는 이제 관으로 들어간다
관객들이 기대하는
마술을 보여 주기 위해

쇠사슬로 내 손을 묶는 마술사여
나의 죄를 단호하게 처벌하라

두 손을 모으고 허리를 곧게 세운
나의 바른 자세는
관 안에서만 확고하므로

관객들은 왜 칼이 사람을
관통하는 마술에 환호하는가

마술사가 문을 닫으면 광활한 어둠
이곳에서 나의 죄는 완전하다

고백하자면 나는

양을 삼킨 자들의 배를 갈라
돌을 넣고 꿰맨 적이 있다
우물 안에 버려진 그들은
벌써 여기까지 흘러왔다

비슷한 마술이 반복되면
관객들은 야유를 보내기 시작한다
자신들이 깜빡 속아 넘어가기를
점점 더 원하는 것이다

사슬을 풀고 밖으로 나간 자는
도무지 반성할 줄 모르고
세계는 이런 방식으로 완성된다

낚시의 기술

1

너는 쇠로 만든 퀘스천 마크를 던지고

나는 부드러운 입술을 꿰어 넣는다

네가 휘두르는 대로

물살이 방향을 가진다

물살은 극세사 이불처럼 살결을 휘감다가

내 아가미로 역류하여

나를 잠식하고

2

길이는 얼마니, 몇 킬로그램이니

고통을 재면서 신나 보이는 구나, 그래

네가 좋다면 나도 좋다, 이것은

제대로 번역되지 않은 말, 알아서

잘 알아들으리라 믿어, 사실

안 믿어, 너는

기만과 그만, 구분하지 못하니까

3

바늘에 먹이를 꿰는 손가락을
물어뜯는 자세로
키스했다면 좋았을 텐데

이 모든 환상이 오로지 나의 것이었다니

유감이다

지독한 비린내는 이제
너의 것 나는
입술을 뜯어낼 각오를 했다

3.5

내가 꼬리를 흔들며 아무도 가 보지 못한 곳으로 나아갈 때 너는 허전한 무게를 견디지 못하는 손으로 네

심장이라도 꿰어 버릴지 모른다

4

줄이 팽팽해진 것처럼, 대화

포물선을 그리는, 무덤 같은 나날들

(추억이 일렬종대로 서 있다)

중얼거리는 콧노래는, 죽어 가는 나를 위한 추모곡

입을 벌리고, 고통을 참는 것

사랑이지요?

너는 말없이

웃고 있었지

3부

사랑은 언제나 개미지옥

이별의 해부학

여기에 가면을 걸어 두면 좋겠지?

내가 여기서 영원히 나, 가면 네가 독방으로 들어, 가면 능숙하고 현란하게 액션, 가면 오늘과 내일의, 가면 네가 아끼던 그, 가면

흘러내리는 기둥은 신경 쓰지 마
세계는 늘 형태로 불만을 나타내잖아

사과 상자가 내 입 안의 각설탕이 될 때까지
너는 나에게 거짓말을 했구나
내 몸에 독방을 지었구나

그런데 어쩌지?
(방 안에는 녹음기만 재생 중)

"네 성격이 이상한 거야, 넌 멍청해, 아무것도 몰라, 화낼 일도 아니잖아"

(테이프가 넘어간 후 반복 재생)

말라 죽은 식물을 되살리면 꺼내 줄게
그것은 늘 네 옆에 있던 것

혹은 시간의 부품들을 순서대로 조립하시오

1. 우리의 추억은 기형이라네
2. 칼을 들고 포옹하는 방식이라네
3. 2인 1조로 작업하는 사랑이라네

울음은 가장 커다란 죄악이니

매일 자신의 얼굴을 손가락질하고
아무도 오지 않는 곳에서
건강하게 오래
살아갈 것

이곳에서 사랑은 언제나 개미지옥
부정하지 말 것

스물아홉

비행기가 추락한 거야 나만 살아 있는 거야 계속 걸어 가니까 호텔이 나오는 거야 들어가서 살려 달라고 했더니 직원이 말없이 나를 바라보는 거야 직원이 친절한 목소리로 여기에는 죽은 사람만 숙박할 수 있다는 거야

선택하라는 거야 이미 해는 저물었고 춥고 배고파서 미치겠는 거야 오케이! 했더니 방으로 데려가는 거야 복도를 걸을 때마다 발에 끈적한 액체가 묻어나는 거야 방에 들어갔더니 어릴 때부터 가끔 보았던 귀신이 나를 반겨 주는 거야

직원이 주머니에서 모래시계를 꺼내서 테이블 위에 올려놓는 거야 재수 없게 웃으면서 뒤집는 거야 모래가 떨어지기 시작하니까 발밑이 무너지기 시작하는 거야 무서워서 문을 여니까 밖이 쏟아져 들어오는 거야

문을 닫으면 벽에 균열이 생기기 시작하는 거야 귀신은 한가롭게 손톱을 깎으며 외출 준비를 하고 있는 거야

나는 벽을 두드리며 거기 누구 없어요! 하고 외친 거야.

그런데 나보고 조용히 하라는 거야. 매너를 지키라는 거야. 씨발 이게 할 말이야? 나한테 왜 그러는 거야. 대체 내가 뭘 잘못한 거야. 춥고 배고파서 도와 달라고 했을 뿐이야. 그런데 다 나 때문이라는 거야. 정말이야? 그런 거야?

자기계발

섬에서 혼자 사는 사람이 있었다 그 사람은 매일 치열하게 살았다 물고기를 전날보다 더 잡아야 해 한 걸음이라도 더 앞서 나가는 사람이 되어야지 파도가 잔잔한 날이 지나도 물고기 수확량은 늘어나지 않았다 그 사람은 자책했다 나는 왜 이렇게 무능력할까 비가 내리는 날이 며칠 동안 계속되었다 그 사람은 인간관계가 뜻대로 되지 않아서 괴로웠다 나는 타인에 대한 배려가 없는 것 같아 아니면 대화의 기술이 부족한 걸까 섬에는 아무도 오지 않았다 모두 내 탓이야 이제까지 어떻게 살았길래 아무도 찾아오지 않는 거야 섬에서 태어난 그 사람은 의기소침해졌다 생일에는 광고 문자만 잔뜩 날아왔다 생일 축하드립니다 고객님 일주일간 고기잡이용 그물 20% 할인 쿠폰을 드립니다 물고기가 잡히지 않는 날이 많아졌다 이제까지 배운 것이라고는 물질뿐인데 이거 하나도 제대로 못 하다니 그 사람은 자기계발서를 찾아 읽기 시작했다 위기를 돌파하기 위해서는 긍정적인 자세로 노력해야 한다 다음 날 해무가 짙어진 바다로 나가며 큰 소리로 구호를 외쳤다 나는 할 수 있다 한다면

한다 파도는 빠른 속도로 높아졌고 그 사람의 목소리는
빠른 속도로 멀어졌다

적응하는 인간

사방에서 벽이 다가옵니다
점점 가까이 다가옵니다
나는 태연한 얼굴로
가만히 서 있습니다

발등을 뚫고 가시가 자라납니다
몸을 찌르며 천천히 솟아납니다
신음 소리가 조금 새어 나와도
비명은 절대 지르지 않습니다

나는 어려서부터 적응하는 법을 배워서
언제 어디서나 웃을 수 있습니다

누가 그랬거든요

내일은 자세를 조금 바꿀 수 있다
내일은 휴식 시간이 오 분 더 늘어난다

물에 빠져 허우적거리는 저 돼지를 보세요
얼마나 품위가 없습니까?

손아귀에 움켜쥐면 발버둥 치는
새들의 저 경박한 몸짓은
인간의 것이 아닙니다

인간들은 다릅니다
위엄 있는 얼굴로 목소리를 낮추고
서로에게 안부를 묻습니다

이제 좀 적응이 됩니까?

오래 길들인 훈련이
빛을 발하는 순간입니다

지역 사회

애인이 말없이 떠나고
여자의 배 속에는 이방인이 찾아왔다

여자는 외국어를 몰라서 밤새도록 울었다 아비 없이 배가 불러 오면 총 한 자루를 쥐어 주는 마을에서 짧은 치마를 입은 소녀들이 바이오리듬에 따라 향기를 바꾸고 있다 골목 담장에는 낙서로 위장한 글씨들이 가득하다 불행이 타인에게 옮겨 가길 바라는 주술이다 장미의 감각으로, 가시를 세우는 쓸쓸한 감각으로, 화단의 식물들이 푸른 잎맥 속에 햇빛을 장전했다 마을에는 이상한 규칙이 있다 이곳에 사는 남자들은 매일 밤 러시안 룰렛을 해야 한다 개구멍으로 드나들던 사내들은 이름이 없어서 안전핀을 걸고 방아쇠를 당겼다 마을 사람들은 주기적으로 공동의 표적을 정했다 여자는 어제 죽은 사람이자 오늘 처음 보는 사람, 마을의 역할은 새로운 이방인에게 총 한 자루를 쥐어 주는 일

한 발의 총성이 울리고

두 사람이 마을을 떠났다

서울

망상에 사로잡힌 구름들이 가득하다
오늘의 날씨는 흐리고 한때 비

고층 빌딩들이 보호색을 하고 있다가
날아오는 새를 삼킨다

공원 벤치에는 허리가 굽은 노인들이 앉아
사전장례의향서를 썼다 지웠다 하고

광화문 사거리에 멈춰 선 사람들은
자본가들이 보낸 계시를 받는다

공유된 욕망이 공동의 꿈이 될 때
사람들은 오래 허기진 얼굴

도시에는 호우주의보가 발령되었다

한 가닥을 당기면 죄다 풀려 버리는 스웨터처럼

슬픔으로 잘 짜인 사회
나는 주기적으로 주변을 자른다

날씨가 맑은 날이면
이웃에게 친절을 베풀기도 했었는데

손짓하면 내 곁에 왔다가
고속으로 멀어지는 수많은 타인들

우리는 보호색을 하고 있다가
서로를 잡아먹는다

배부른 자들의 손으로
도시는 완성된다

적당히 모르는 숲

꼭꼭 숨었는데 꼬리를 자꾸 들킵니다
머리말에서 나를 내려다보며
두 사람이 웃고 있습니다
가끔 살아 있는 사람이 그 자리를 대신합니다

알면서 모르는 척하기 어렵습니다
진흙을 밟으며 숲속으로 들어가면
도끼를 든 사내가 나를 맞이하고

당신이 안 보인다고 말하면
당신이 안 보이는 내가
모두 잘 보인다고 대답합니다

나뭇잎을 눈 안에 넣으면
잎맥을 따라 흐르는 길이 보인다고
여러 명이 동시에 귓가에 속삭입니다

나는 수영을 할 줄 몰라서

오늘은 아무것도 안 들립니다

숨은 사람을 찾으려면
먼저 여기에 사람이 있어야 하는데
표지판은 아무 방향이나 가리킵니다

화살표 쪽으로 계속 걸어왔지만
춤을 추는 사람들은 만나지 못했습니다
나무에 매달려 있던 사람은 보았지만

추모가 끝나면 다 같이 허무해지기로 합시다
숲은 숲이라고 불릴 때만 울창하니까

머리 위로 이파리가 떨어지면
내 몸은 단숨에 갈라집니다

이제 울창한 어둠 속에 모두가 보입니다
빼곡하게 심어진 사람들이 잘 자라고 있습니다

한낮의 열기가 식어 가는 해변에서

슬픔이 바다가 될 때까지

슬픔이 바다가 될 때까지

파도가 친다

물살이 물살을 덮는다

사라지는 발자국들은 어디로 갈까

외로운 날에는 바닷속을 걷는다

그 섬에 도착할 때까지

나를 위해 꽃이 피는 섬

발자국들만 남아 있는 섬

섬에 다녀오고 나면

외로운 사람들의 얼굴이

바닷물을 가득 채운 유리병처럼 보인다

사람들이 집으로 돌아간 바다에서

홀로 파도치는 마음

하얀 거품으로 부서질 때마다

혼자 더 세게 혼자가 된다

12월 16일

마음이 쪼개졌다 두 조각이 되고 네 조각이 되고 수십 조각이 되었다 웃다가 울다가 울었다 알 것 같으면서도 알 수 없었다 복잡하고 어려운 일들이 아주 간단한 선택지를 쥐어 주었다 애정을 얻고 싶은 사람에게는 늘 악역이었다 대본이 마음에 들지 않았지만 연극에 빚을 지고 있었다 마음이 자꾸 쪼개져서 아주 작아져도 마음일까 궁금했다 가루가 된 마음을 손바닥으로 쓸어 모아 투명한 캡슐에 넣었다 언제든지 먹으면 죽을 수 있다는 안도감으로 오늘을 버텼다 아프지만 약을 먹지 못하고 슬프지만 끝까지 악역을 맡았다 선로가 바뀌는 순간마다 뼈마디가 틀어지는 고통을 느꼈다 모든 것이 슬퍼서 견딜 수 없을 때 눈을 마주친 사람들은 나처럼 손 안에 캡슐을 쥐고 있었다 커다란 박수 소리가 들렸다

대답의 종류

대답을 잘해야지? 네 알겠습니다 내 이야기에 감정이 있는 건가? 대답이 왜 그래? 아닙니다 그럼 다시 대답해 봐 네 시정하겠습니다 언제 시정하라고 했어? 앞으로 더 잘하라고 했지 네 왜 이리 대답이 짧아? 이제 슬슬 짜증 난다는 거지? 내가 모를 줄 알아? 그렇지 않습니다. 그럼 어쩌자는 거야? 아무것도 아닙니다 아무것도 아니야? 이제까지 한 말을 귓등으로도 안 듣는 거야? 그게 아닙니다 잘 알아들었습니다 그런데 왜 목소리가 그것밖에 안 돼? 잘하겠습니다! 아오 귀청이야 너 일부러 소리 지른 거지? 지금 대드는 거 맞지? 아닙니다 뭐가 자꾸 아니라는 거야? 대답 똑바로 못 해? 예 알겠습니다 뭐? 대답 못 하겠다는 거야? (침묵) 거봐 불만 있는 거 맞잖아 내 눈은 못 속여 이제는 대답도 안 하네? (침묵) 잘할 거야 어쩔 거야? 잘하겠습니다 목소리가 왜 이리 무거워? 기분 상했나 봐? 이렇게 티 내면서 사회생활 할 거야? (침묵) 또 대답 안 해? (침묵) 나랑 해 보겠다는 거야? (긴 침묵)

스노볼

온도에 민감한 배신자가 있어

땅굴을 파고 들어간 흑곰은 신경 질환을 앓고 있다 동면을 하려고 수면제를 한 움큼 집어삼키고 손톱으로 유서를 새긴다 부디 올겨울에는 개수작 부리지 마세요

주파수를 교란하는 배신자가 있어

귀를 이식한 토끼 모형들은 자꾸 환청이 들린대 고요한 밤 거룩한 밤 무엇보다 내가 친애하는 어둠에 묻힌 밤 누가 자꾸 내 손을 잡아당긴다 모두 함께 참여합시다 다각면체의 투명한 창으로 배신자를 찌르는 놀이

박제한 배신자는 언제 녹을까

위로의 말은 애써 듣지 않으려고 했어 방심하는 사이 속내를 내보이면 안 되니까 나는 따뜻한 손바닥 위에서 초콜릿이 무너지는 이유를 알거든

겨울을 싫어하는 배신자가 있어

모형 기차에 올라탄 모형들은 영원히 출발을 모르고 눈이 그쳐도 봄은 오지 않는다 스노볼을 흔드는 거대한 손과 그 안을 들여다보는 두 개의 눈동자는 언제까지 우리를 속일까

우산을 함께 쓰지 않는 연인

비가 오면 알 수 있다
우산마다 하나의 세계가 생긴다는 걸
바깥은 빗소리가 가득하지만
우산 아래는 숨소리와 온기로 팽팽하다
그곳은 어쩌면 잠시 젖지 않는 세계

자신의 세계를 나누지 않는 사람은
어깨가 젖지 않는다
소나기가 쏟아지는 날씨에도
마르고 단정한 모습으로
자신의 세계를 홀가분하게 쥐고 간다

그는 나와 어깨를 맞대기 위해
자신의 어깨를 적시는 일을 불행하게 여겼다
간혹 선심을 쓰듯이 문을 열어 주는 순간에는
나만 규칙을 모르는 게임을 시작한다

우산 아래의 세계는 유연하게 분위기를 바꾼다

그러면 나는 원룸에 들어온 것처럼
최대한 몸을 웅크리고서
날씨 탓을 하다가 지쳐 버리고

거리는 평행선처럼 계속 이어진다
우산 손잡이를 힘껏 쥐고 있으면
정확한 간격을 유지할 수 있을까

나는 그와 함께 추억할 어깨가 없다
커다란 우산 속에 잘 보관된 기억들
아무리 걸어도 우리는
같은 곳에 도착하지 못한다

비가 그치고 사람들이 우산을 접는다
긴 빈칸처럼 벌어진 것들이 보인다
단면으로 깨끗하게 접힌 세계들이

4부

실수들로 이루어진 세계

흡혈

기운이 없으면 에너지 드링크처럼 피를 빨아 먹어요 등급이 높고 신선한 피로 몸을 채우면 욕망에 혈색이 돌거든요 자, 이제 손을 잡을 차례입니다 서로의 냉기를 느끼며 타인의 고통을 사칙연산으로 계산합시다 목이 길어 슬픈 짐승은 인간이지요 타고난 핏줄 때문에 평생을 울고 있어요 가죽을 벗기면 서로를 알아볼 수도 없을 텐데 한 겹의 허물이 참으로 교활하지요 살아가다 보면 그럴 수도 있는데 나만 그럴 수 있어요 흡혈주의자들이 신념을 광고하는 동안 흡혈론이 그럴싸하게 완성됩니다 피를 흘리는 사람들은 서로를 끌어안고 있어요 함께 슬퍼하다가 혼자 변절하는 사람을 조심하세요 원인을 분석하는 뉴스에는 목적이 없습니다 무관심 속에서 조용히 송곳니를 기르는 아이들은 장래에 희망이 있을까요 우리 함께 해결책을 찾아봅시다 해가 저물면 거대한 관 속으로 오세요

나쁜 기억의 힘

지하철에서 그에게 동네에서 일어난
살인 사건에 대해 이야기한 적이 있다

무서워서 밤에는 나갈 수가 없어
아니다, 괴한이 집에 침입해서 저지른 일이니까
이제는 집에 있어도 불안해

그는 내 얼굴을 빤히 쳐다보다가
화가 난 목소리로 말했다

왜 내 머릿속에 쓸데없는 정보를 집어넣어?

나는 당황해서 아무 말도 못 했다
식은땀이 나고 눈물이 날 것 같았다

그리고 그때 안쓰러운 눈길로 나를 바라보던
낯선 여자의 얼굴이 기억에 선명하게 남아 있다

나는 그 여자를 모른다
그 여자는 어쩌다 내 앞에 서 있었을 뿐이다

때로는 잠깐의 순간이 영원히 새겨질 때가 있다
기억을 구성하고 있는 공기와 풍경, 표정과 목소리

그 모든 것이

특히 나쁜 기억의 힘은 강력하다
내 마음이 약해질 때마다 그 순간이
내 발목을 붙잡고 질질 끌고 간다

눈을 떠 보면 지하철을 타고 집으로 돌아가는 오후다
한강 다리를 지나가며 노을을 보았다
빛에 물들어 가던 하늘은 갑자기
피가 낭자한 사건 현장이 되었고
나는 주변을 떠도는 유령처럼 슬퍼졌다
단 한마디의 말 때문이었다

전언

숨이 잘 안 쉬어져요 몸을 움직이기 어렵고 걸음이 느려요 그건 당연한 거예요 우리 그날 모두 침몰했잖아요 이상하지요 자신은 아닌 줄 아는 사람들이 너무 많아요 옆 사람의 손을 꼭 잡고서 물살에 휩쓸려 간 사람들을 찾고 있어요 우리 모두 물속에 있잖아요 힘껏 부둥켜안고 견뎌야 하잖아요 창백한 얼굴로 아닌 척하는 사람들을 자주 만나요 말을 할 때마다 입에서 기포가 쏟아져 나오는데 안전하다고 착각하는 사람들이요 그런데 그날 우리 모두 침몰했잖아요 그래서 아직도 이렇게 슬프잖아요 앞으로도 계속 견뎌야 해요 사랑하는 사람들을 찾으러 가야 해요 거센 물살 너머로 사라진 사람들을 만날 때까지 살아야 하잖아요 나중에 서로를 만날 때까지 버텨야 하잖아요 이상한 사람들이 많아요 평지에서 걷는 것처럼 마치 바람이 부는 것처럼 홀로 유영하고 있는 사람들이요 밤이 올 때마다 체온이 낮아지는 영혼들이 기억을 건져요 속고 있는 사람들은 눈을 감고 있어요 우리는 거대한 물살을 거스를 수 없어요 너무나 빠르게 잃어버린 사람들 정말 보고 싶은 사람들과

만날 때까지 손을 맞잡고 나아가는 수밖에 없어요 밤이 오고 있어요 추위에 떨고 있어요 서로가 각자의 운명으로 영원히 잠기기 전에 뜨겁게 안아 주고 싶어요 이것 봐요 우리 심장은 이제 푸른색이잖아요

그때 왜 그랬어

나는 좋아하는 사람들에게 패배한다

이긴 적도 없고 싸운 적도 없는데

친한 사람에게 비밀을 말할 때는 조심해야지

이것은 아버지가 알려 준 생존 기술

오래 알고 지낸 사람은 잘 보이지 않는다

자세히 얼굴을 들여다보려고 하면

먹구름이 몰려와 나에게 비를 퍼붓는다

그때 나한테 왜 그랬어?

궁금한 날에는 흰 벽을 향해 따진다

그러면 아무 말도 못하고 고개를 숙이거나

처음 보는 얼굴을 보여 줄 것이다

이것은 그동안 내가 경험으로 알게 된 것

관계의 실패는 잘 정리된 기억을 오염시킨다

타로 카드 한 장을 뒤집으며 생각한다

선택하지 않은 카드와

바꿀 수 없는 결정에 대하여

그럼에도 불구하고

사람은 달라지지 않는다

전생 체험

전생에 덩치가 크고 순한 개였던
사람이 내 눈가를 닦아 준다

목줄을 풀어 주었던 일이
현세의 인연으로 이어졌다

그가 뜨거운 내 얼굴을 더듬는 동안
나는 잠깐 전생으로 돌아간다

그 개를 생각하면
몸이 떨린다

내가 모르는 개의 목줄을 풀어 준 이유를
아무에게도 말하지 않았다
하지만 사실 나는……

슬픔이 냠냠
내 눈과 입을 삼킨다

슬픔이 나를 먹을 때
우리는 초점 없는 눈을 마주친다

나는 두 손을 만지작거리며
그저 가만히 있을 수밖에

두 번의 겨울이 지나는 동안
계피의 효능을 알게 되었다

아직도 생강과 생각의 차이는 모르지만
그것이 슬픔이 나를 먹는 이유는 아니다

한밤중에 빗소리를 듣고 잠에서 깨면
개를 보러 전생으로 돌아갈 수 있다

입이 없어서 말은 못하고
슬픔이 나를 다 먹을 때까지

동파

한 장의 종이를 넘겼는데
다른 차원의 이야기가 이어진다

수첩을 읽는 순간 눈이 녹아내리고
몇 줄의 메모가 피부에 새겨진다
몰래 훔쳐본 대가를 치르는 오전

분명 나는 초대받은 손님이었는데
이곳은 내가 와서는 안 되는 곳
불청객은 흔적도 없이 사라져야 한다

아름다운 개소리만 기억에 남아 있어요
나무토막으로 변한 내 심장은
툭 갈라져 버렸습니다

창가로 겨울빛이 들어오는 오전,
나는 이제 비밀을 간직한 얼굴을
알아볼 수 있게 되었고

기온이 영하로 떨어지면

마음은 더 이상 흐르지 않는다

얼어붙은 감정이 동파된다

감정 소모 금지

환자들은 자신을 환자라고 부르는 것을 싫어합니다
청춘들은 청춘이 아름답다는 말을 믿지 않고

감정을 만드는 장기는 무엇일까요
맹장보다 쓸모가 있을까요

입은 머뭇거릴 때만 유용하고
한번 뱉은 말은 주워 담고 싶지 않습니다

차마 말하지 못해서 완벽해진 사람들
영혼을 소모하지 않으면 처음처럼
신선한 상태로 유지된다는 미신

잘 모르는 것은 괜찮지만
계속 모르는 것은 이상합니다

오래 만났던 애인은 나를 잘 알았지만
정작 중요한 것은 몰랐고

나는 전부 모르는 척했습니다

이제 어떤 말을 꺼내야 합니까
나는 무슨 말을 해야 할지 몰라서
으르렁거리며 이빨을 드러냅니다

예민한 짐승들을 위한 덫에 걸리면
미안하지만 잘 모르겠다는 대답만 들어요

생존과 생태계의 상관관계를 고심하다가
감정 소모를 금지하기로 합니다

사실이 아닌 것을 고르시오

1. 펭귄과는 가끔 만나는 사이였다

2. 나에게 갈비뼈를 기르는 방법에 대해 물었다

3. 나는 날개를 주면 가르쳐 주겠다고 했다

4. 우리는 숲속에 설치된 이동 극장에서 이별을 기념하는 영화를 보았다

5. 지금은 죽은 사람이 나오는 영화였다

6. 우리는 레몬과 외로움을 절이는 장면을 보다가 울었다

7. 알고 보니 악역이 그동안 해 온 모든 짓들은 타인에게 무해한 일이었다

8. 악역은 너무 절망한 나머지 남극으로 떠나 버렸다

9. 펭귄은 남극이 생각보다 춥지 않다고 말했다

10. 펭귄은 내가 이를 드러내며 웃을 때마다 두툼한 날개로 덮어 주고 싶다고 했다

11. 영화는 구천팔백 개의 레몬을 전부 소금으로 문지르고 나서야 끝이 났다

실수들로 이루어진 세계

나를 잊어버리면서 시작된 세계에서 진심 어린 고백을 했는데 두 손으로 귀를 막고 있는 걸 몰랐고 보고 싶은 것만 보는 것도 모자라 환상으로 부풀린 장면을 연출했으나 성공적이지 못했으며 인정하기 싫어서 끝까지 버티려고 했는데 결국 나락으로 떨어지면서 잠시였다가 오래가 되어 버린 나를 찾아서 울면서 헤매었고 결국에는 먼지가 가득 쌓인 창고 안에서 녹이 슬어 있는 나를 발견하여 매우 미안했지만 어쩔 수 없었다는 말은 차마 하지 못했고 대신 함께 뜨거운 물에 몸을 담그고 좋아하는 향기를 물어보면서 화해하려고 애를 쓰던 어느 날 테이블 맞은편에 앉아 있던 남자와 잤고 오랜 연인처럼 눈을 떴으나 점심을 먹고 다시 남이 되기로 했으며 이제부터 그 남자의 전생을 떠올릴 예정이고 그는 유약하고 어리석은 나의 남편이었다고 말하는 순간 잊어버렸던 내가 강력하게 반대하여 무산되었고 결국 꼬리를 흔들며 침 흘리던 개였을 거라고 했지만 개가 무슨 잘못이냐며 그마저 마음에 들어 하지 않아서 힘들어졌으나 사실 나는 알고 있었는데 그가 낯선 손길에 쉽게 길들

여지는 것을 혐오하고 사랑과 증오를 자주 헷갈려하며 실수를 하고 나서 실수라서 어쩔 수 없었다며 회피했지만 그 모든 것을 실수라고 할 수 있을까

우리가 모여서 우리들

라이터 불에 영혼을 그을리며 서로를 소모하는 우리들

괴물이 되지 않으려는 노력을 게을리하는 우리들

눈치게임과 치킨게임을 잘 구분하지 못하는 우리들

여름에 헤엄치다가 겨울이 되어서야 나오는 우리들

연기에 가려 얼굴이 보이지 않는 연인에게 키스하는 우리들

단 한 번의 실수에도 의미 부여 하는 우리들

빛과 빛 사이에서 서서히 말라 죽어 가는 우리들

정신 승리를 거듭하다가 몸은 패배하는 우리들

백날 말해 봐야 소용이 없어서 아무것도 안 하는 우리들

용기가 없는 사람은 괜찮지만 약한 사람은 불편한 우리들

진작에 말하지 않아서 언제나 준비가 안 된 우리들

나무 아래에 서 있으면 바람에 흩날리는 우리들

잠시 동안 혼자가 아닌 것처럼, 우리들

불면과 분명

자꾸 내 귓가에 속삭이지 마

불을 끄고 침대에 누우면 귓속으로 개미들이 줄지어 들어온다

나를 둘러싸고 여러 명이 토론을 시작한다 한 여자는 울부짖는다 시끄러워서 잘 안 들리잖아! 말해도 소용이 없다

탁자를 쾅쾅 내리치며 소리치는 남자는 슬픔이 없다 그러니까 저 남자는 믿을 수 없다 그런데 저 남자가 사람이기는 한 걸까

여자는 울부짖다가 비명을 지른다 반대편에 있던 아이가 손을 들고 반론을 펼친다

오늘은 오늘이지만 내일이 되면 다시 오늘입니다 오늘의 고통이 내일이면 나아진다는 말이 무슨 의미가 있

습니까?

개미들은 단어를 물고 들어온다 귓바퀴를 타고 구멍 속으로 사라지는 개미들 잠이 들기 전에 모든 대화를 나르려고 분주하게 움직인다

여러 사람들의 발소리가 방 안을 울린다 천장에서 물방울이 뚝뚝 떨어지고 나는 규칙적으로 호흡한다 들숨과 날숨과 들숨과 날숨이

자자, 모두 흥분을 가라앉히고 정리를 해 봅시다 다시 눈뜨고 싶지 않다면 모든 것이 무슨 소용입니까?

슬픔이 없지만 두려움을 아는 남자가 앞으로 나선다 여자는 소리를 지른다

(탁자를 치는 소리, 방 안으로 누군가 들어오는 발소리, 옷장을 열어 보고 키득거리는 웃음소리, 빠르게 서

랍을 열었다 닫는 소리)

왜 진작 말을 안 했어?

나를 채근하며 여자가 더 크게 운다 개미들이 몸을 뒤집고 여섯 개의 다리를 허우적거린다

이제 내가 이곳을 떠난다

불을 끄고
누울 때마다
두렵다
그날 네가
보여 주었던 마술이
아직 끝나지
않았을까 봐
사방에서 청개구리들이
모여든다 팔을
벌리고 서면
손바닥까지 펄쩍
뛰어오르는 슬픔
마음의 간극에
발이 빠지면
해가 저물고
빛이 없는
곳에서 네가
아주 잘

보인다 너무
잘 보여서
슬퍼진다 견디는
일도 사랑이라고
할 수 있을까
우리가 함께
산책을 나서면
길은 언제나
미로가 된다
꿈속에서 보았던
방은 어두웠고
커다란 침대에는
낯선 여자의 다리가
있었다 내가
미로에서 다른
사람과 나와서
불완전한 너의
얼굴이 나를

밀어내며

문을 닫았다

해설

슬픈 사랑의 우화

조대한(문학평론가)

요르고스 란티모스 감독의 〈더 랍스터〉라는 영화가 있다. 이 작품은 커플을 권유하고 심지어 강제하는 사회를 배경으로 이야기가 진행된다. 현실과 크게 다를 바 없다고 느낄 수도 있으나, 보다 노골적인 것은 짝을 찾지 못한 이들이 모두 동물로 변해 버리는 사회 시스템이다. 45일의 유예 기간 동안 커플이 되지 못한 이들은 '변환의 방'이라는 곳을 거쳐 강제로 동물이 된다. 그나마 인도적인 것은 본인이 원하는 동물로 변할 수 있다는 사실 뿐이다. 주인공 데이비드의 곁을 따라다니는 커다란 개 역시 변이된 그의 형이다. 영화의 제목이 랍스터인 까닭은 데이비드가 희망한 동물이 귀족처럼 푸른 피를 지닌 랍스터였기 때문이다.

작중 인물들은 45일의 기간 동안 커플이 되기 위해 갖은 노력을 기울이지만 쉽게 성공하지는 못한다. 그들은 세계가 요구하는 정상인의 모습에서 조금씩 어긋난 모습을 하고 있다. 함께 다리를 절던 부인과 사별하여 홀로된 남성은 습관적으로 코피를 흘리는 여인과 공통점을 만들기 위해 자기 코를 벽에 찧어 상처를 낸다. 주인공 데이비드는 감정을 느끼지 못하는 비정한 여인과 커플이 되기 위해 일부러 감정에 무감한 사람처럼 행동한다. 상대방에 맞추어 스스로를 상처 입히고 비뚤어트린 후에야 그들은 겨우 한 쌍의 커플이 된다. 하지만 무정하고 잔인한 그의 파트너가 개로 변한 형을 걷어차 살해하는 바람에 거의 성공할 뻔했던 데이비드의 연극은 들통나 버리고 만다. 형의 사체를 본 그는 눈물을 참지 못했고 거짓말이 탄로 나 커플 사회로부터 쫓겨 달아난다.

잔인하게도 영화는 세계와 타인으로부터 도망친 고독한 숲의 무리에서 진정으로 사랑하는 이와 대면하도록 데이비드의 운명을 이끌어 놓는다. 하지만 그곳에서 만난 존재 역시 눈이 잘 보이지 않는다는 결점을 지녔다. 영화는 나이프를 들고 자신의 눈을 겨냥한 채 거울 앞에 선 데이비드를 클로즈업하며 끝난다. 결국 그는 자기 눈을 찌르고야 말았을까. 이 지독한 사랑의 우화는 원보람 시인의 시집에 다가설 수 있는 중요한 질문 하나를 우리에게 던져 준다. 누군가에게 가까이 다가설수록 우리는 늘 무언가에 찔려야 하는가, 그렇게 우리는 '서로의 영혼을 그을리며' 타오를 수밖에 없는 존재들인가? 서로를 태우고 찌르며 마모시키면서도 다가설 수밖에 없게 만드는 사랑은 과연 무엇인가?

선불리 답하기 쉽지 않은 질문들이지만 시인의 작품과 시어들을 경유해 그 대답의 일부를 상상해 볼 수는 있다. 우선 그에게 '사랑은 언제나 개미지옥'이라 정의된다. "단내를 풍기며 녹아내리는 그림자를 향해 새까맣게 몰려드는 개미 떼를 보느라 두 발이 젖는 줄도 몰랐다"(「꿈같은 현실의 기록」)는 표현이나 "불을 끄고 침대에 누우면 귓속으로 개미들이 줄지어 들어온다"(「불면과 분명」)는 문장에서 미루어 짐작할 수 있듯 '개미'들은 '나'를 갉아먹는 모종의 불길함이나 상념 등의 의미로 사용된다. '개미지옥' 역시 그러한 고뇌와 고통의 이미지를 모두 포함하는 알레고리다. 다만 이 정의의 핵심은 그것이 겉으로는 아닌 척 위장을 하고 있다는 점일 것이다. 그곳에 직접 빠지기 전까지 우리는 새까만 입을 벌리고 있는 그 무저갱의 위험을 절대로 깨닫지 못한다.

이를 조금 더 구체적으로 살펴보기 위해 해당 구절이 포함되어 있는 「이별의 해부학」이라는 시편을 잠시 들여다보아도 좋겠다. 사랑이 끝난 뒤의 잔재와 그 감정의 사체를 헤집고 있는 듯한 이 작품 속에서 '나'와 '너'는 '가면'과 함께 등장한다. "오늘과 내일의, 가면 네가 아끼던 그, 가면"은 본래의 단어가 지닌 위장과 거짓의 의미뿐만 아니라, "네가 독방으로 들어, 가면" 이나 "내가 여기서 영원히 나, 가면" 등과 같이 공간과 연루된 중의성을 함께 지니고 있는 것으로 묘사된다. "사과 상자"처럼 좁디좁은 그곳이 당시엔 어째서 그토록 달콤한 "각설탕"처럼 느껴진 것일까. 나는 모든 것들이 다 끝난 후에야 그곳이 너의 거짓말로 꾸며진 지옥이었음을, 가까이 다가갈수록 서로를 더욱 외롭게 가두는 독방이었음을 깨닫게 된다.

지난 사랑의 부검을 통해 도출된 원칙은 크게 세 가지다. 부서지고 뒤틀린 "우리의 추억은 기형"적인 형태로만 존재한다는 것, 서로를 찌르고 상처 입히며 하나 되었던 영화 속 인물들처럼 너와 나의 사랑 또한 "칼을 들고 포옹하는 방식"에 가깝다는 것, 그렇게 서로를 마모시키는 과정임에도 불구하고 그것은 태생적으로 혼자가 아닌 "2인 1조"의 작업일 수밖에 없다는 것. 나는 과거의 기억을 이리저리 조립해 꺼진 사랑의 불씨를 되살려 보려 하지만 그것은 "말라 죽은 식물을 되살"리는 것만큼이나 불가능한 일인 듯싶다.

> 빌딩에 매달린 사내가 생일날 죽은 애인의 몸을 닦고
> 있어요 이상하지요, 차갑고 딱딱한 얼굴이라니요 입김을

불자 애인의 이마에 따뜻한 수증기가 맺히고 사내는 검
지손가락으로 그려요 반대편으로 날아가는 투명한 새

유리의 몸을 닦을 때는 조심하세요 안과 밖이 뚜렷하
지만 안과 밖이 모호하지요 그러나 사라진 새가 다시 날
아와 사내의 손가락으로 돌아올지 누가 알겠어요

유리에 비친 얼굴이 선명해지자 사내가 말없이 울어
요 단단하게 뭉친 기억들이 강속구로 날아와요 유리가
피를 보고 흥분해요 날카롭게 날을 세우고 힘줄을 끊어
버려요 사내의 얼굴이 거미줄 모양으로 균열해요

자신의 몸을 산산조각 내며 사라지는 유리의 방식으
로 거리에 빛나는 무덤을 만들어요 유리 파편이 박힌 태
양에서 빛이 새고 있어요 거리는 한없이 눈부시고 사내
의 눈 속에는 일제히 날아오르는 새들의 잔상이 선명
해요

—「유리의 트라우마」 전문

위의 시편에는 빌딩에 매달려서 무언가를 닦고 있는 한 사내가 등장한다. 사내가 닦는 것은 창문이라기보다는 "생일날 죽은 애인의 몸"이자 끝나 버린 그

와의 추억인 듯하다. 이미 말라 버린 식물의 줄기처럼 차갑고 딱딱해져 버린 그 얼굴을 사내는 닦고 또 닦는다. "입김을 불"며 정신없이 그를 그리고 지우다 보면 "애인의 이마에" 누구의 것인지 알 수 없는 "따뜻한 수증기가 맺히고" 그러다 보면 마치 사라진 그이가 "다시 날아와 사내의 손가락으로 돌아"오는 듯 느껴지기도 한다.

아름답도록 처연한 이 시편을 통해 거론할 수 있는 사랑의 첫 번째 속성은 그것이 지닌 '위험성'이다. 일견 안전하게 "안과 밖"으로 단절되어 있는 듯했던 사랑의 기억과 과거의 감정은 때로 현재의 나에게까지 치명적인 위해를 가하곤 한다. 투명하게 반짝이던 그 사람과의 추억은 갈라진 유리 조각이 되어 "날카롭게 날을 세우고" 사내의 단단했던 "힘줄을 끊어 버"린다. 사랑은 그렇게 "자신의 몸을 산산조각 내며 사라지는 유리의 방식으로"만 사내의 마음 한구석에 "빛나는 무덤"을 남긴다.

알랭 바디우는 『사랑 예찬』이라는 저서에서 이 같은 사랑의 위험성에 관해 언급한 적이 있다. 그는 프랑스 내 대표적인 데이트 웹 사이트인 '미틱'의 사례를 든다. 바디우는 '사랑에 빠지지 않고 사랑할 수 있다'는 미틱의 슬로건을 비판하면서, 사랑의 위험을 회피

하며 사랑을 획득하려는 욕심과 경향이 '전사자 제로'를 외치는 미군의 전쟁 방식과 닮았다고 주장한다. 폭격과 공습에 의한 사상자가 분명히 발생했음에도 눈앞에 그 참혹한 실체가 보이지 않으니 전사자가 없는 것이라 여기는 전쟁의 방식과, 타인과 접촉하는 순간 필연적으로 발생할 수밖에 없는 위험이나 상처의 위협을 애써 도려내거나 무시하려는 어떤 사랑의 태도가 서로 비슷한 맥락에 놓여 있다는 것이다.

그에게 사랑은 개미지옥에 빠질 스스로의 운명을 깨닫지 못한 채 미지의 모래 위를 헤매는 위험천만한 행위에 가깝다. 시인의 표현을 빌리자면 그것은 "목함지뢰가 떠다니는 바다에서 수영"(「펜듈럼」)을 하는 일이자, "지독한 안개"가 끼어 "한 치 앞이 보이지 않"는 "맨홀 속으로 맨손을 집어넣는"(「청춘 콜라주」) 일일 것이다. 그 매혹은 단순한 호감과는 달라서 우리를 파괴할 것만 같은 불길한 예감과 두려움을 동반한다. 그의 논지를 빌려 말하자면 시인은 공포와 두려움을 무릅쓰고 그 시절의 '너'를 사랑했던 것이 아니라, 그 매혹과도 같은 위험을 예감했기 때문에 누군가와 사랑에 빠질 수밖에 없었던 것은 아닐까.

사랑에 대한 시인의 또 다른 대답을 짐작해 볼 수 있는 작품으로 「진심 게임」이라는 시편이 있다. 이 작품 속에는 명시되지 않은 무언가를 상실한 채 도시를 걷고 있는 '나'의 모습이 등장한다. 우산을 들고 갑작스레 쏟아진 빗속을 걸으며 내가 떠올리는 것은 "아주 먼 곳"의 풍경이다. "망망대해에 비가 내리는 광경"이 "진심과 가장 닮"아 있기 때문에 나는 그것을 떠올렸다고 말한다. 이는 여러 가지 의미로 해석되겠지만 당신과 나 사이 놓여 있는 어떤 거리감의 뉘앙스로도 비교적 뚜렷이 읽힌다. 나와 당신 사이의 잃어버린 진심 혹은 마음을 찾아보려 조심스레 "손을 뻗어 보"아도 새삼 깨닫게 되는 건 우리 둘 사이에 아무런 "접점이 없다는" 잔인한 사실 뿐이다. 회차가 진행될수록 "엉망으로 훼손"되는 진심과 영원한 패배자들만 남게 되는 이 기이한 사랑 게임에 질려 버린 나는 애원하듯 말한다. "이제 그만 이 게임에서 나가고 싶어".

여기서 추출해낼 수 있는 사랑의 중요한 속성 중 하나는 그것이 지닌 '반복성' 내지는 '시차'일 것이다. 이를 알아보기 위해 "이미 잃어버린 것을 설명하려고/ 광화문에 비가 쏟아졌다"는 시의 첫 문장을 다시 음미해 보면 그것은 어딘지 조금 이상한 문장처럼 보이기도 한다. 건조하게 판단한다면 실상 내가 무언가를 잃어버린 일과, 광화문에 비가 내리는 일 사이엔 아무런 인과관계도 없을 것이다. 하지만 시인은 양쪽을 시적인 인과성으로 묶어 두는 동시에 그 시간의 선후 관계 역시 뒤바꾸어 놓는다. 첫 구절의 의미대로라면 쏟아지고 있는 이 도시의 비가 나에게 상실의 기억과 감정을 불러일으킨 것이 아니라, 내가 잃어버린 무언가를 위해 지금 이 세계에 비가 쏟아지고 있는 셈이다. 그러니까 여기엔 이미 사랑을 잃어버린 '나'와 그 망실의 이유를 설명하기 위해 과거를 사후적으로 반복하여 그리는 메타적인 '나' 사이의 시차가 존재한다. 아니 조금 더 정확히 말하자면 그 둘 사이의 시차와 반복을 통해서만 시인의 사랑은 발화될 수 있는 듯하다.

원보람의 첫 시집에는 이처럼 과거의 기억과 감정을 형상화하며 그것을 반복하는 시적 주체의 모습이 종종 등장한다. 운명 또는 숙명처럼 주어진 두 갈래 길의 선택 사이에서 고뇌하는 존재들이 발견되기도 하고(「숭어와 붕어」), 바꿀 수 없는 결정과 실패해 버린 과거의 기억 속에 매몰된 '나'가 그려지기도 하며(「그때 왜 그랬어」), 영원에 새겨진 순간의 나쁜 기억을 한없이 되풀이하는 '나'의 이야기가 서술되기도 한다(「나쁜 기억의 힘). "오늘은 오늘이지만 내일이 되면 다시 오늘"(「불면과 분명」)이 된다고 말하는 시인은 슬픔을 되비추는 "거울로 만든 밀실"(「구름과 밀실」) 속에서 살아간다. 그 "무한한 복제를 거듭하는 밀실"

(「구름과 밀실」)과 상실 이후에 만들어진 잔혹한 개미 지옥 속에서 시인은 영원히 멈추지 않을 사랑의 우화를 반복하여 상영하고 있다.

일찍이 괴테는 저자의 의도를 드러내기 위해 특수한 세계를 만들어내는 우화 또는 알레고리가 결코 예술이 될 수 없다고까지 말했는데, 아마도 그는 이렇게 되풀이될 감각과 인식의 세계를 경계했던 것 같다. 토끼는 늘 방심하고 아킬레스가 영원히 거북이를 따라잡지 못하는 그 알레고리의 세계에서 진취적인 사랑의 시는 쓰여질 수 없다고 그는 여겼던 듯싶다. 그러나 알레고리는 그렇게 제자리에 멈춰 있는 것이기만 할까? 오히려 벤야민은 습관적인 마술환등의 빛이 꺼졌을 때 드러나는 그 무엇을 알레고리라 칭했다. 사전적으로 알레고리는 말하고자 하는 바를 '다른 것allos'에 빗대어 '이야기-agoria'하는 것일 테지만, 벤야민에게 진실된 알레고리란 단일한 의도나 기억과 무관하게 새로운 무언가를 환기하는 일에 가깝다. 그것은 끝난 사랑의 흔적 위에 머물며 과거를 단순히 되풀이하는 일에 그치는 것이 아니라, 형해만 남은 잔해들 속에서 무언가를 길어 올리며 그 의미의 배치를 새로이 구성하는 일이다. 가령 이러한 작품들이다.

고개를 올려다보면 균열하는 세계가 보였다
알고 보니 세계는 대리석 무늬의 비닐 장막

아무리 불러도 영원히 대답하지 않으려고
사례를 분석하여 고통의 대안을 찾아내려고
그래서 뭐 어쩌려고

죽은 사람들이 서로를 애도하는 저녁

변이를 시작한 과거 속에서
엉금엉금 기어 나온 유령들에게
맛있는 식사를 차려 주었다

그들이 음식을 씹는 동안 분명해지는 여백
두 발로 벽을 긁는 고양이만 발견한다
나는 아무것도 모르면서 떠들어대는 사람

문을 닫는 순간 인연의 이음새가 뒤틀린다
네 미소는 깨진 거울 조각

이제부터 우리의 시간은 비대칭으로 흐른다

—「펜듈럼」 부분

전문을 인용할 수 없어 생략된 위 시편의 앞부분에는 철봉에 매달려 숨을 꾹 참고 오자로 가득한 시를 쓰는 '나'가 등장한다. '침대 위'와 '아래'로 표현된 서로 다른 차원의 시공간 사이를 진자운동을 하듯 이리저리 왕복하는 나는 왜곡된 그리고 아름다운 과거의 기억 속에 푹 빠져 있다. 하지만 정작 중요한 건 그곳이 단단하게 정지된 세계가 아니라 "균열하는 세계"라는 점일 것이다. 망령과도 같은 과거의 기억에서 나는 완전히 자유롭지 못하고, "네 미소는 깨진 거울 조각"처럼 여전히 나에게 아픈 상처를 남긴다. "죽은 사람들이 서로를 애도하는" 듯한 우리들의 사랑은 공허한 자기 위안에 불과한 것 같기도 하다. 하지만 내가 "엉금엉금 기어 나온 유령들"에게 "맛있는 식사를 차려" 준 덕분에, 다시 말해 너절하게 다시금 재현되는 그 사랑의 우화 덕분에 너와 나의 시간은 다르게 흐르고 둘 사이의 "이음새는 뒤틀"리기 시작한다. "이제부터 우리의 시간은 비대칭으로 흐른다".

키르케고르는 '콘스탄틴 콘스탄티우스'라는 익명의 이름으로 『반복』이라는 책을 쓴 적이 있다. 그 책 속에는 두 명의 주요 인물이 등장하는데 하나는 관찰자인 콘스탄티우스고 다른 하나는 이름이 밝혀지지 않은 청년이다. 그 무명의 청년은 한 여인을 사랑하고 있다. 여인과 처음 사랑에 빠졌을 때의 감정이 너무나도 강

렬했던 나머지, 청년은 행복했던 첫 순간을 떠올리며 그 과거만을 되새김질한다. 콘스탄티우스는 이 같은 청년의 사랑을 '회상'의 방식이라 칭하며, 진정한 사랑이란 회상이 아닌 '반복'의 형식을 지녀야 한다고 주장한다. 회상이 과거만을 향한 것이라면, 반복은 미래를 향한 것이기 때문이다. 그는 확신에 찬 목소리로, 반복은 뒤가 아니라 앞을 향해 되풀이되는 것이라고 말한다. 하지만 반복에 대한 콘스탄티우스의 확신과 신념은 그의 개인적 경험에 의해 깨어지고 만다. 그는 반복을 직접 체험하기 위해 과거에 체류했던 베를린을 찾아간다. 그는 새로이 앞에 놓인 시간 속에서 무언가가 반복될 수 있다고 믿었지만, 정작 그가 베를린에서 마주한 장면들은 이전과는 전혀 다른 종류의 풍경이었다. 그는 과거에 경험했던 혹은 감각했던 베를린과는 사뭇 달라진 도시의 모습에 실망하며, 반복이란 불가능한 것이라는 상반된 결론을 내린다.

이처럼 모순된 주장 속에서 일정한 사유를 추출해 낸다는 것은 쉽지 않은 일이나, 다음의 두 가지는 확실한 것 같다. 하나는 과거를 단순히 회상하는 일은 반복이 아니라는 것이고, 다른 하나는 단일한 시간 속에서는 반복이 불가능하다는 것이다. 글자 그대로 '반복'이란 다시 무언가를 되풀이하는 것이어서 시차를 지닌 두 세계의 '나'를 상정할 수밖에 없다. 반복이 늘 사후적이라는 사실에 동의한다면, 키르케고르가 의도했던 미래의 반복은 아직 오지 않은 과거를 반복한다는 의미가 아니었을까 싶다. 도래하지 못한 과거, 즉 미처 실현되지 못하고 시간에 파묻혀 버린 과거의 어떤 가능성을 되돌린다는 의미에서 말이다. 그런 관점에서 보면 시인이 반복하여 형상화하는 과거의 사랑 또한 멈춰 있는 감정이나 실패한 선택에 관한 미련이라기보다는, 잠재태에 불과했던 가능성을 새로이 길어 올리는 일이자 당시에는 미처 알지 못했던 의미들을 규정하며 "변이를 시작한 과거 속에서" 사랑을 재발명하고자 하는 일이 아닐까.

불을 끄고
누울 때마다
두렵다
그날 네가
보여 주었던 마술이
아직 끝나지
않았을까 봐
(…)
우리가 함께

산책을 나서면

길은 언제나

미로가 된다

꿈속에서 보았던

방은 어두웠고

커다란 침대에는

낯선 여자의 다리가

있었다 내가

미로에서 다른

사람과 나와서

불완전한 너의

얼굴이 나를

밀어내며

문을 닫았다

—「이제 내가 이곳을 떠난다」 부분

시집의 마지막 시편이다. '나'는 불을 끄고 침대에 누울 때마다 여러 상념에 잠긴다. "네가/보여 주었던 마술이/아직 끝나지/않았을까 봐", 나도 모르는 달콤한 무지의 진창에서 아직 헤매고 있을까 봐, 너와 나 사이에 놓인 "마음의 간극"에 발이 빠져 다시 한 번 그 지옥에서 헤어 나오지 못하게 될까 봐 나는 여전한 두려움에 떨고 있는 듯하다. 시인은 되뇐다. 이렇게 "견디는/일도 사랑이라고/할 수 있을까".

가까워질수록 고통이 배가되는 그곳에서 나와 네가 함께 걷는 길은 "언제나/미로"로 화하는 듯싶다. 한데 시의 후반부에 들어서면 '나'는 묘한 기시감을 느낀다. 꿈속에서 보았던 방과 침대에는 "낯선 여자"가 자리하고 있고, 나는 "다른 사람"과 함께 미로에서 탈출해 마침내 너와 갈라서는 것처럼 보인다. 이는 새로운 이들과의 만남 등 다양한 의미로 해석될 수 있겠지만 사랑에 관한 앞선 논의들을 참조한다면 그 낯선 이들은 다른 시차에 놓여 있는 '나'의 모습이라고 가정해 볼 수도 있겠다. 마술 같은 너의 불빛에 속아 뒤를 쫓던 과거의 '나'와, 조명이 모두 꺼지고 어둡고 너절한 터널을 통과한 뒤 다시금 그 시절을 대면한 '나'는 서로 전혀 다른 존재들일 수밖에 없다. 후회로 점철된 미로 같은 선택지들과 한여름 밤의 꿈처럼 혹은 아득한 전생처럼 느껴지는 그 낯선 과거들을 한없이 반복한 후에야 나는 그 시절의 나와 당신을 온전히 떠나보낼 수 있다.

작품들을 통해 미루어 짐작해 보건대 시인에게 이 세계는 날카로웠던 사랑의 파편만큼이나 잔인하게 다가왔던 것 같다. 시인은 "도시 곳곳에 설치된 늪지대를 지나다가" "영혼을 자주 빠뜨렸"(「악어 떼」)고, "감정을 만드는 장기"를 "맹장보다 쓸모"없는 것이라 여기며 생존을 위해 "감정 소모를 금지"(「감정 소모 금지」) 당했던 청춘의 한 시절을 지나왔다. "물에 빠져 허우적거리는" 그런 "돼지"로 취급받지 않기 위해 "태연한 얼굴"을 가장해 왔으며, 상처에도 의연한 어른으로 거듭나기 위해 "발등을 뚫고 가시가 자라"나더라도 "비명은 절대 지르지 않"(「적응하는 인간」)게 되었다. "비밀을 간직한 얼굴을 알아볼 수 있게 되었고"(「동파」) 이유 없이 부끄럽고 고통스러웠던 그 시절의 '나'를 바로 마주 볼 수 있게 되었다. 하지만 그가 보다 행복해졌을지는 미지수이다.

원보람 시인의 첫 시집 속엔 그렇게 지나온 한 시절의 흔적과 끝나 버린 사랑의 잔해가 슬프고도 아름답게 펼쳐져 있다. 그것은 물론 시인이 만들어낸 단독적인 사랑의 우화이지만 시집을 읽는 우리들 또한 그의 문장들을 경유하여 "먼지가 가득 쌓인 창고 안에서 녹이 슬어 있는 나를 발견"(「실수들로 이루어진 세계」)하게 되기도 한다. 끝끝내 홀가분하게 그곳을 떠난 시인과 달리 "아무리 걸어도 우리는 같은 곳에 도착하지 못"(「우산을 함께 쓰지 않는 연인」)할지도 모르고, 지난 사랑의 늪에 발이 빠져 한참을 헤맬지도 모른다. 그의 시에 동화되는 순간만큼은 "잠시 동안 혼자가 아닌 것처럼"(「우리가 모여서 우리들」) 느껴지겠지만 결국 "혼자 더 세게 혼자"(「한낮의 열기가 식어 가는 해변에서」)가 되고 말 것이다. 하지만 단단히 누적된 시인의 "슬픔을 꺼내어 말리다 보면", "그 위를 지나간 무수한 발자국"(「죽을까 하다가 다시 태어나기로 했다」)을 함께 더듬어 나가다 보면, 우리 역시 낯선 그 시절의 나와 마주한 뒤 또 다른 곳으로 걸음을 옮기게 될 수 있지 않을까. 안타까울 정도로 환히 빛났으나 사랑의 감옥 속에 갇혀 있을 수밖에 없던 그 시절의 누군가가 이 시집을 읽으며 조금 더 행복해지기를, 아픔을 딛고 다시금 새로운 사랑을 꿈꾸게 되기를 조심스레 바라 본다.

라이터 불에 서로의 영혼을 그을리며
2022년 11월 25일 1판 1쇄 펴냄

지은이 원보람
펴낸이 김성규
편집 김안녕 김도현 김채현
디자인 신아영
펴낸곳 걷는사람
주소 서울 마포구 월드컵로16길 51 서교자이빌 304호
전화 02 323 2602
팩스 02 323 2603
등록 2016년 11월 18일 제25100-2016-000083호

ISBN 979-11-92333-34-2 04810
ISBN 979-11-89128-01-2 (세트)